CATALOGUE

DE

TABLEAUX

MODERNES & ANCIENS

Parmi lesquels on remarque, dans l'École moderne, des œuvres de :

**Barye, Bergeret, Boudin, Chasseriau, Charlet,
Deshayes, de Dreux, Dumas, Frappa, Guérard, Isabey,
Troyon, Washington, etc.**

Dans les anciens :

**Coninck, Craesbeeck, Devries, Franck, Heimbach,
Heemskerk, Honthorst, Ch. de Lafosse, Lagrenée, Natoire,
Tiepolo, Valentin, Vallin, etc.**

DONT LA VENTE AURA LIEU

HOTEL DROUOT, SALLE N° 7

Le Mardi 18 Juin 1895

à 2 heures

Me PAUL CHEVALLIER

COMMISSAIRE-PRISEUR

10, rue de la Grange-Batelière, 10

EXPERTS

Pour les Tableaux anciens :	*Pour les Tableaux modernes :*
M. EUG. FÉRAL, peintre	**M. G. BERNE-BELLECOUR**
54, Faubourg-Montmartre, 54	62, boulevard Malesherbes, 62

Chez lesquels se trouve le présent Catalogue

EXPOSITION PUBLIQUE

Le Lundi 17 Juin 1895, de 2 heures à 5 heures 1/2

CONDITIONS DE LA VENTE

La vente sera faite au comptant.

Les acquéreurs payeront *cinq pour cent* en sus des enchères.

Imprimerie de l'Art, E. MOREAU ET Cie, 41, rue de la Victoire.

DÉSIGNATION

TABLEAUX MODERNES

ASTI

1 — *Femme faisant de la tapisserie.*

ANDRÉ GILL

2 — *Tête de femme.*
Étude.

BARYE

3 — *Étude de chien.*

BERGERET

4 — *Les Asperges.*

BERGUE (De)

5 — *Rembrandt peignant la leçon d'anatomie.*

BOUDIN

6 — *Paysage.*

BROAS (J.-J.)

7 — *Les Saltimbanques.*

BROAS (J.-J.)

8 — *Le Duel.*

CAVOS

9 — *Fête de Saint-Cloud ; effet de nuit.*

CHASSERIAU (Th.)

10 — *La Douleur.*

CHARLET

11 — *Après vous, Sire.*
Esquisse.

CLARY

12 — *Le Lac.*

COUDER

13 — *Terrasse des Tuileries.*
Salon de 1891.

CHRÉTIEN

14 — *La Ferme.*

CHRÉTIEN

15 — *Paysage.*

DESHAYES

16 — *Marine.*

DESHAYES

17 — *La Forge.*

DECAMPS (Attribué à)

18 — *Marine.*

DREUX (De)

19 — *Retour du marché.*

DUMAS (Alphonse)

20 — *Le Modèle frileux* [1].

Salon de 1884.

21 — *Naïade.*

ÉCOLE FRANÇAISE

22 — *Marine.*

ÉCOLE FRANÇAISE

23 — *Chasse aux tigres.*

[1] Le droit de reproduction de ce tableau appartient à la maison Braun et Cie.

ÉCOLE FRANÇAISE

24 — *L'Abreuvoir.*

ÉCOLE FRANÇAISE

25 — *Crépuscule.*

Signé : J. D.

ÉCOLE FRANÇAISE

26 — *Étude de chevaux.*

ÉCOLE FRANÇAISE

27 — *Paysage.*

FRAPPA

28 — *Moine.*

FORSBERG (Nils)

29 — *La Lettre.*

GIROUX

30 — *Au Bal.*

Salon de 1884.

GUÉRARD (H.)

31 — *Le Renard et la Cigogne.*

GAGLIARDINI

32 — *Grandcamps.*

GIRAN (Max)

33 — *Paysage.*

GIRAN (Max)

34 — *Paysage.*

GIRAN (Max)

35 — *Marine.*

ISABEY

36 — *Marine.*

ISABEY

37 — *Paysage.*

INNOCENTI

38 — *Tête de femme.*

JOUBERT

39 — *Paysage.*

LAMI (Eug.)

40 — *Bataille.*

LAPOSTOLET

41 — *Vue d'Anvers.*

LINDER

42 — *Ça mord.*

LINDER

43 — *Ça a mordu.*

MÉRET

44 — *Philémon et Baucis.*

MULLER

45 — *Louis XVII.*

Esquisse.
Signée : C. C. M.

QUOST

46 — *Fleurs.*

THOLER

47 — *Les Pêches.*

THOLER

48 — *Grenades et oranges.*

Salon de 1893.

THOLER

49 — *Les Raisins.*

TROYON

50 — *Intérieur.*

WASHINGTON

51 — *Fantasia.*

DESSINS ET AQUARELLES

BOUGUEREAU

52 — *Figure.*

Pour le plafond de la Salle des Concerts à Bordeaux.

BOULANGER (G.)

53 — *Dessin à la sanguine.*

COROT

54 — *Cascade.*

Dessin à la mine de plomb.

COROT

55 — *Paysage.*

Dessin à la mine de plomb.

DELACROIX

56 — *Empereur du Maroc.*
Deux dessins.

GAVARNI

57 — Dessin gravé dans *Perles et Parures.*

GAVARNI

58 — Dessin gravé dans *Perles et Parures.*

GAVARNI

59 — Dessin gravé dans *Perles et Parures.*

GÉRICAULT

60 — *Croquis à l'aquarelle.*

GÉRICAULT

61 — *Dessin à la plume.*

GÉROME

62 — *La Vérité.*

HEIDBRINCK

63 — *La Cloche de fer.*

JONGKIND

64 — *Crayon noir.*

PILS

65 — *Grenadiers.*

Deux dessins.

PILS

66 — *Zouaves.*

RAFFET

67 — *Zouave.*

Aquarelle.

RENOUARD

68 — *Dessin au crayon noir.*

RENOUARD

69 — *Gens de Bourse.*

Croquis.

SINET

70 — *La Leçon d'armes.*

Pastel.

TASSAERT

71 — *Étude de femme.*

Sanguine.

VANTEYNE

72 — *Dessin.*

VANTEYNE

73 — *Femme couchée.*

Pastel.

WILLETTE

74 — *Deux dessins à la plume.*

TABLEAUX ANCIENS

BIARD (Attribué à)

75 — *Troupe de province.*

Se préparant pour une représentation de *Zaïre.*

BRAUWER (D'après)

76 — *Intérieur de tabagie.*

BRIL (Paul)

77 — *Paysage.*

Coupé par une rivière avec figures et animaux.

CONINCK

78 — *Paysage par un temps d'orage.*

A droite, un homme, un enfant et un chien.

CRAESBEECK (Attribué à)

79 — *L'Arracheur de dents.*

DAELE (Van den)

80 — *Le Joueur de violon.*

DEVRIES

81 — *Paysage.*

Avec chariot sur un chemin sinueux.
Vers le fond, des chaumières.

FRANCK

82 — *Seigneurs et jeunes femmes.*

Assis dans un jardin, faisant de la musique et chantant.

FRANCK

83 — *Allégorie.*

Représentant la Mort faisant de la musique pour charmer un vieillard.

HALS (D'après Frans)

84 — *Portrait d'homme assis.*

HALS (École de Frans)

85 — *Vieillard en buste.*

La tête de profil, tournée vers la droite.

HEEMSKERK

86 — *Intérieur de tabagie.*

Signé et daté 1715.

HEIMBACH

87 — *Femmes et Gentilshommes dans un intérieur.*

Cuivre de forme ovale.
Signé du monogramme et daté 1638.

HONTHORST (GÉRARD)

88 — *Portrait de jeune fille.*

Cheveux blonds et vêtue d'un corsage noir et rouge.

LAFOSSE (CHARLES DE)

89 — *Vénus commandant des armes à Vulcain.*

Très bonne peinture d'un coloris chaud et brillant.

LAGRENÉE

90 — *Diane sortant du bain.*

Toile ovale.

LARGILLIÈRE (Genre de N.

91 — *Portrait de jeune femme.*

En robe blanche brodée et manteau bleu.

MOMPER (Josse de)

(deux pendants)

92 — *Paysages avec villageois et cavaliers con-
duisant des chariots.*

NATOIRE (Charles)

93 — *Ivresse de Bacchus.*

Jolie esquisse sur cuivre.

PORBUS (Genre de)

94 — *Portrait de jeune princesse richement
vêtue.*

REMBRANDT (D'après)

95 — *Portrait de femme.*

Coiffée d'une toque.
Toile ovale.

RUYCH (Rachel)

96 — *Fleurs dans un carafon de cristal posé sur
une console de marbre.*

TÉNIERS (D'après D.)

97 — *Intérieur de tabagie.*

TIEPOLO (Dominique)

(QUATRE PENDANTS)

98 — *Le Massacre des Innocents.*

Le Christ appelant à lui les enfants.

Le Christ montant au calvaire.

Le Christ descendu de la croix.

Très bonnes peintures, d'une exécution facile et d'un beau coloris.

VALENTIN

99 — *Les Joueurs de tric-trac.*

Vigoureuse et énergique peinture.
Signé et daté 1627.

VALLIN

100 — *Une Bacchante.*

Figure à mi-corps, de grandeur naturelle.

VAN LOO (Attribué à CARLE)

101 — *Jeune Fille tenant une perruche.*

VERNET (Genre de JOSEPH)

102 — *Torrent coulant entre des rochers.*

ZURBARAN (Attribué à)

103 — *La Vierge et l'Enfant Jésus.*

ÉCOLE ANGLAISE

104 — *Portrait de John Fossette, acteur anglais.*

ECOLE FRANÇAISE

105 — *Le Feu.*

Figure allégorique.

ÉCOLE HOLLANDAISE

106 — *Vue de Hollande ; effet de clair de lune.*

Genre de Van der Neer.

ÉCOLE HOLLANDAISE

107 — *Un cochon de lait pendu par la patte contre un mur.*

ÉCOLE HOLLANDAISE

108 — *Fruits dans une corbeille posée sur une table.*

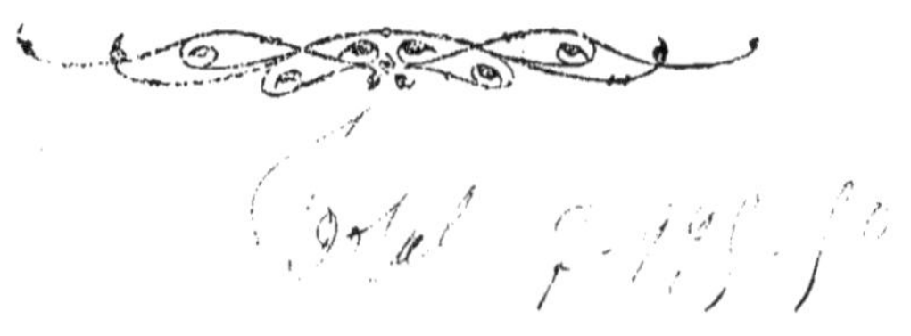